Charles GRANDMOUGIN

Le Sang

du Calvaire

Drame sacré en cinq tableaux

Émile PAUL

ÉDITEUR

100, FAUBOURG SAINT-HONORÉ, 100

PARIS

—

1905

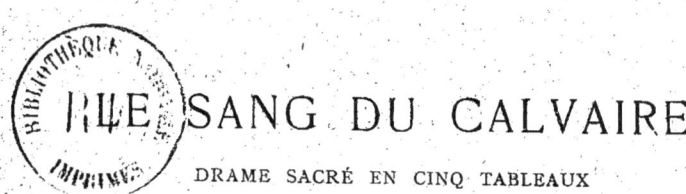

LE SANG DU CALVAIRE

DRAME SACRÉ EN CINQ TABLEAUX

CHARLES GRANDMOUGIN

Le Sang

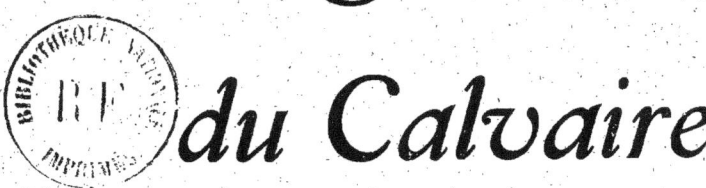

du Calvaire

Drame sacré en cinq tableaux

Émile PAUL

ÉDITEUR

100, FAUBOURG SAINT-HONORÉ, 100

PARIS

—

1905

PERSONNAGES

(Interprètes de la création)

JÉSUS.......... M. Desmarets, *de la Renaissance.*
SÉPHORA...... Mlle Jeanne Duran, *du Théâtre du Parc.*
MYRIAM .... Mme M. Gallayx, *du Théâtre du Gymnase.*
L'ANGE........ Mlle Depeintier.
SATAN......... M. Brunière, ⎫
JOACHIM....... M. Gerval, ⎬ *du Théâtre de l'Odéon.*
AZAËL......... M. Gauley, ⎭
HERMON....... M. Dutertre.
FABIEN........ M. Fattorini.
CASSIUS .... M. Luc Lestrange.
LE CENTURION M. Dux.

Musique de scène de Ch. Dandry

NOTA. — La première représentation du **Sang du Calvaire** a eu lieu au Cercle catholique du Luxembourg le 26 mars 1899.

Cette pièce a été reprise au Théâtre Trianon, à Paris (Direction Émile André), le 17 avril 1905, avec la distribution suivante :

JÉSUS.................. M. Henry Duval.
SÉPHORA .... Mme de Wils.
MYRIAM................ Mme Gallayx.
L'ANGE................ Mlle Nova.
SATAN .... MM. Bauer.
JOACHIM.............. Grey.
AZAËL .... Desplanques.
FABIEN................ Channy.
CASSIUS............... Therval.
HERMON .... Lanout.
LE CENTURION .... Ragon.

Le Sang du Calvaire

PREMIER TABLEAU

SCÈNE PREMIÈRE

Un intérieur de riche pharisien avec porte au fond ouverte sur la campagne près de Jérusalem. Le vieux Joachim est endormi près d'une table chargée de papiers. Sa fille Séphora entre à pas lents.

SÉPHORA

Il dort, et bien souvent ses nuits lui sont des veilles !...
Le soleil de midi rayonne sur les treilles,
Le vent silencieux a suspendu son vol,
Et l'ombre des palmiers est courte sur le sol ;
C'est l'heure du repos et de la sieste aimée ;
Mais lui, si sa paupière est maintenant fermée
C'est que l'aurore l'a surpris encor debout !...
Pauvre père ! pauvre âme où la science est tout,
Et qu'aussi la tristesse embrume de ses voiles !
Pauvres yeux qui ne voient dans l'éclat des étoiles
Que l'inutile ardeur d'une matière en feu,
Et non point le reflet de la splendeur de Dieu !...
— Ah ! comme la chaleur est lourde ! — Oui, c'est l'heure
Où l'on aime écouter la fontaine qui pleure,
Où dans la maison close aux murs épais et frais
On dort sans redouter le soleil et ses traits
Criblant d'un jor cruel la campagne embrasée ;
Repose-toi, mon corps ; calme-toi, ma pensée !

Et vous mon père, vous, l'invincible veilleur,
Savourez près de moi le calme intérieur.
Et dans l'oubli de tout vous créant une trève,
Dormez comme l'enfant heureux, dormez sans rêve !

Elle s'endort sur un divan.
Satan déguisé en mendiant paraît.

SCÈNE II

LES MÊMES, SATAN

SATAN

Ils sont là, tous les deux ! Ils dorment, sans m'entendre ;
Vous ne m'attendiez pas, certes ; ni toi, cœur tendre,
O pure Séphora ; ni toi, sombre savant !
Eh ! oui, j'ai mendié tout le jour, en suivant
Mon chemin ! L'aventure est vraiment amusante !
On me croit pauvre et seul lorsque je me présente
Aux portes ; c'est souvent que je demande en vain,
On me donne parfois ou des fruits ou du vin,
Un débris de la veille, un raisin, une datte,
Ou même une monnaie en cuivre, et je constate
Ma foi ! que le plus pauvre est le plus généreux !
— Vous autres, vous dormez, et vous êtes heureux !
Mais Satan, que voici, ne dort pas à sa guise,
Car il est malheureux même s'il se déguise
Et les plus beaux habits ne changent pas son cœur !
Dieu contre qui je lutte est trop souvent vainqueur ;
On croit que je mendie, et je glane des âmes !
Ames d'enfants ou de vieillards, âmes de femmes
Que j'arrache au devoir en courtisan subtil
Car le plaisir offert leur cache le péril.
« Dieu, c'est de la lumière et Satan c'est de l'ombre ».
Dit-on — soit, j'y consens, mais nous sommes en nombre,
Nous tous, les réprouvés et les bannis ! — L'Enfer
Où je commande est comme une effroyable mer

Où grouillent en hurlant, foule énorme et confuse,
Tous les pécheurs conquis sur terre par ma ruse !...
Toi, d'abord, je te tiens, toi l'obstiné songeur,
Joachim, dont l'esprit, éternel voyageur,
Parcourt, en niant Dieu, l'immensité céleste...
La science t'a pris, et moi j'ai fait le reste !

Il impose la main à Joachim avec le geste du magnétiseur

JOACHIM, rêvant

L'azur est noir,... Partout le néant !

SATAN

C'est cela !

JOACHIM

Dire qu'une croyance absurde me troubla
Un moment !.. C'est fini !

SATAN, cruel

Bien fini !

JOACHIM

Sur la terre

Ne pas songer au ciel est chose salutaire,
L'homme est un animal passager !

SATAN, moqueur

Rien de plus !

JOACHIM

C'est bien sûr ! quand les temps fixés sont révolus,
On part... et l'on s'en va dormir sous l'herbe haute
Très heureux, sans penser...

SATAN, ricanant

Crois tout cela, mon hôte

SÉPHORA, rêvant et devinant Satan qui s'approche

Va t'en ! Va t'en !

SATAN, penché sur elle

Son rêve est agité !.. C'est moi

Qui dompte sa pensée et qui trouble sa foi !

Ah ! puisses-tu douter, ô toi qui crois encore !
Puisse un brouillard perfide affaiblir ton aurore !
Tes intimes rayons me font le cœur plus noir,
Ta jeunesse innocente insulte à mon pouvoir !
— Je lui verse de l'ombre et je veux me complaire
A ternir le miroir de cette source claire ;
Prières, pur amour, candeur, dévotions,
Vous fuirez devant moi comme les papillons
Dispersés par le bec de quelque oiseau vorace...
Je te hais dans ton cœur ! Je te hais dans ta race !

SÉPHORA, rêvant

Je souffre !

SATAN

Puisses-tu plier, roseau chétif !..
Puisses-tu vers le mal t'incliner sans motif
Et maudire le Dieu que ta ferveur réclame,
Quand saignera la plaie ouverte dans ton âme !

SÉPHORA

Mon Dieu ! Mon Dieu !

SATAN

Tu peux l'invoquer ! Il est loin !
Où donc en serait-il s'il devait prendre soin
De toute créature affaissée et plaintive !

SÉPHORA, rêvant encore

Si votre humble servante est dans son mal captive
O mon Dieu, sa prière ira bien jusqu'à vous !
La prière, c'est le rayon rapide et doux
Qui monte, frissonnant, à travers les espaces !

SATAN, avec une sourde fureur

Tu me retrouveras sur la route où tu passes !
Quand tu seras courbée au vent de la douleur
Je saurai te cueillir comme on cueille une fleur !
... Quelqu'un !
Son fiancé !..

Redevenons très sage !
Soyons le mendiant très humble, au bon visage,
Dont la main qui se tend, palpite,.. dont les yeux
Pleurent, et dont la voix au murmure pieux
Marmotte vaguement un morceau de prière...

Content de lui-même.

On croirait, sur ma foi ! que j'en fais ma carrière...

Entrée de Azaël.

SCÈNE III

LES MÊMES, AZAËL

AZAËL

Un pauvre !

SATAN

N'ayez pas d'étonnement, Seigneur ;
J'attendais le réveil des maîtres ; mon bonheur
Veut que vous arriviez en cet instant... Je pense
Que ma vieillesse errante aura sa récompense
Sur le seuil vénérable où s'arrêtent mes pas,

AZAËL, lui donnant de l'argent

Tiens ! — tu peux louer Dieu.

SATAN, ironique

Je n'y manquerai pas.

Il sort.

SCÈNE IV

JOACHIM, SÉPHORA, AZAËL

AZAËL

Séphora !

SÉPHORA, s'éveillant

Je dormais, Azaël ; — Ah ! Quel songe !...
L'effarement profond où ce rêve me plonge
Bien que vous soyez là, de moi ne s'en va pas !

AZAËL, inquiet

Séphora !

SÉPHORA

Mon bon père est endormi,.. plus bas !

AZAËL

Ma chère fiancée !

SÉPHORA

Ah ! taisez-vous ! le doute
M'a prise ; le soleil clair qui dorait ma route
S'est caché ! — Votre amour qui m'échauffait hier
Evoquant devant moi l'avenir libre et fier,
Cet amour à présent, j'en demeure brisée !
J'en pleure ! et ma douleur croit que votre pensée
A fui bien loin de moi pour toujours !

AZAËL, indigné

Séphora !

SÉPHORA

Votre bouche mentit sans doute et me leurra
Par un flot ondoyant de paroles apprises !
Retournez, mots d'amour, sur les ailes des brises,
Retournez au pays de mirage et d'erreur !

AZAËL

Ah ! que me dites-vous ?..

SÉPHORA

Je dis selon mon cœur !

Je dis selon ce rêve étrange où s'est montrée
Votre ardeur versatile et fausse !..

AZAËL

Ame adorée !

SÉPHORA

La protestation est vaine !

AZAËL

Ecoutez-moi !

Joachim se réveille.

SÉPHORA

Mon père !

JOACHIM, gravement

Ah ! vous voilà tous les deux !

— Mais... pourquoi,
Ayant dormi, je crois, plus que le nécessaire,
Suis-je encore aussi morne, aussi las...

O misère
Humaine !..

SÉPHORA

Pardonnez, mon père, cette fois
Si nous parlions trop haut près de vous,

car ma voix
A dû vous réveiller avant l'heure !

JOACHIM

La chose
Est possible.

AZAËL

J'aurais dû rester bouche close.

JOACHIM, l'esprit encore confus

Je me rappelle mieux maintenant —

Vous parliez
Très fort ! et certains mots que j'avais oubliés
Me reviennent !

SÉPHORA

C'est vrai, nous étions en querelle,
Mon pauvre fiancé me devient infidèle !
Ah ! m'épouserait-il sans m'aimer ?

JOACHIM

Que dis-tu ?

AZAËL

Elle a rêvé.

SÉPHORA

Le rêve est vrai! J'ai combattu
En vain pour ressaisir ma joie évanouie !

AZAEL

Mais c'est vous ma pensée, et ma force, et ma vie !
C'est vous que j'espérais unir à mon destin !
C'est vous le radieux et captivant matin !
Je ne sais quel démon s'est glissé dans votre âme !...
Ce qui prouve après tout l'injustice du blâme
C'est que j'ai demandé, tout à l'heure, à Celui
Que dans la Galilée on vénère aujourd'hui,
De venir nous bénir avant notre hyménée !

SÉPHORA

Vous avez fait cela ! — J'en demeure étonnée
Après ce que je sais de vous !

JOACHIM

Tu ne sais rien !
Azaël j'en suis sûr, te veut toujours du bien ;
Mais je ne comprends pas quel homme il nous amène.

AZAEL

Un homme, dites-vous ? Oui, sa forme est humaine
Mais son cœur est divin autant que son esprit ;
C'est Jésus !

SÉPHORA

C'est le Christ !

AZAEL

Oui, ma ferveur comprit
Depuis peu la grandeur de sa doctrine aimée !

JOACHIM

Eh bien, moi, je le hais, et pour sa renommée
Et pour ce qu'il enseigne et pour tout ce qu'il fait !
Il faut être bizarre, ou stupide, en effet,
Pour suivre ainsi ses pas et le croire prophète !
Oui, sa parole est creuse et sa bonté surfaite !
Et ce grand vagabond n'a rien à voir ici !

SEPHORA

Mais, mon père ! je l'aime et le vénère aussi !
Une lumière d'or rayonne en ses idées
Et son geste a guéri des femmes possédées,
Fait entendre des sourds et réveillé des morts !

AZAËL

Ceux qui doutaient du Christ ont confessé leurs torts,
Ceux qui souffraient ont vu leur souffrance finie,
Ceux qui ne savent pas respectent son génie,
Et ceux qui l'insultaient ont connu le remords !

JOACHIM

Je vois ! les ignorants sont toujours les plus forts !
Vous qui ne savez rien, hélas ! comme tant d'autres,
Vous voilà tout à coup transformés en apôtres
Pour quelques tours heureux de ce magnétiseur !

SÉPHORA

Vous blasphémez !

JOACHIM

            Je le veux bien, c'est un oseur...
Mais son corps est pétri de limon et d'argile,
Son esprit est humain et sa vie est fragile ;
Il mourra comme nous sans aborder le ciel ;
Il s'anéantira dans le gouffre éternel,
Et sans plus apparaître au monde qui l'encense !..

SÉPHORA

Et bien, moi, maintenant, j'ai soif de sa présence
Car mon amour blessé, dont l'attente a frémi,
Réclame la douceur de son beau geste ami !
Sa parole sereine apaisera mon doute !
Ah ! si votre bonté me sourit et m'écoute,
Vous permettrez qu'il vienne ici, vous permettrez
Que ses regards nous voient et que ses pieds sacrés
Effleurent un moment le seuil de nos ancêtres !

2

JOACHIM

Si vous voulez plier le front sous de tels maîtres,
Soit ! Je vous plains tous deux, et mon autorité
Ne devrait jamais voir sous mon toit abrité,
Celui qui va semant l'illusion sur terre ;
Mais mon amour pour toi m'a forcé de me taire
Séphora... Je consens que l'homme vienne ici
Pour imposer sur vous ses mains.

SÉPHORA

Merci !

AZAËL

Merci !

SÉPHORA, près de la porte

De lointaines clameurs nous disent qu'il s'approche !
Dans le chemin qui tourne, au pied de cette roche
Il va paraître ! —

AZAËL, au fond

Oui, c'est Lui ! Les yeux baissés,
Il s'avance à pas lents, légèrement lassés,
Sous le soleil doré, dans la poussière blanche ;
Silencieux, il songe, et sa tête se penche
Abandonnée au poids d'une intime douleur !
Il souffre !

JOACHIM, méchant

Il doit souffrir !

AZAËL

Une telle pâleur
Trahit des pleurs cachés, des épreuves nouvelles ;
Pourtant l'on sent toujours que son âme a des ailes !..

Entrée de Jésus ; ils s'agenouillent. Joachim reste debout.

SCÈNE V

LES MÊMES, JÉSUS

AZAËL

Merci d'être venu, maître !

JÉSUS

J'avais promis.

Regardant Joachim

Et je tiens un serment, même à mes ennemis !

JOACHIM, à part

Il me devine !

AZAËL au Christ

O maître aimé, ma fiancée
Doutait de ma fidèle et constante pensée ;
Un songe avait fané la fleur de son espoir
Mais cette fleur, par vous, peut renaître, ce soir !
Vous qui lisez en nous aussi bien qu'en vous même
Vous voyez sans effort de quel amour je l'aime !
Puisque Séphora croit en vos accents sacrés
Maître ! elle acceptera ce que vous lui direz,
Et sa voix, de nouveau, va proclamer, ravie,
Que vous semez le vrai, que vous créez la vie !

JÉSUS

Femme, crois en celui qui t'aime et que voilà,
Eloigne l'inutile effroi qui te troubla ;
Que ton âme se calme et s'entr'ouvre, apaisée,
Comme au soir un lotus qu'emperle la rosée.

SÉPHORA

Quand vous êtes absent nous souffrons dans la nuit
Quand vous apparaissez, c'est une aube qui luit !

AZAËL

Seigneur, je crois en vous et je me sens renaître !

SÉPHORA

Ah ! c'est vous seul l'ami consolant et le Maître !
Bénissez-nous !

JÉSUS

Soyez bénis, ô fiancés !
Ne tournez plus les yeux vers les tourments passés,
Foulez aux pieds la haine, ignorez la colère ;
Que votre double vie, harmonieuse et claire,
S'écoule comme un fleuve au transparent cristal,
Reflétant l'immobile azur du ciel natal
Et les coteaux fleuris et la moisson paisible ;
Je vous bénis sur terre ; et là-haut, invisible,
Mon père, comme moi, vous dit : soyez heureux !

SÉPHORA

Doux Maître

JOACHIM, ironique

Et voilà tout ce que tu fais pour eux !

Violent.

Eh bien ! moi, je te crie en face : Je te nie !

SÉPHORA, indignée

Mon père !

JOACHIM

Et je sais bien que la voûte infinie
Ne renferme pour nous ni vivant paradis,
Ni ton Père, ni rien !...

JÉSUS

Homme, je te le dis,
J'ai pitié du méchant qui s'insurge et qui rage ;
Et j'ai pitié de l'homme arrivant à ton âge
Sans avoir trouvé Dieu dans la beauté du ciel ;
Je plains ta tête creuse et ton cœur plein de fiel
Et quand la mort viendra, te frôlant de son aile
Te montrer les lointains de la vie éternelle,
Tu te repentiras sans doute amèrement !

JOACHIM

Eh bien, toi, faux prophète, homme absurde et clément,
Je sais que tu mourras et seul et misérable,
Sans avoir la douceur d'une main secourable
Autour de ton supplice et de ton désespoir !
Et moi que tu viens plaindre ici, moi, j'irai voir
Ta puissance écrasée et ta fierté punie...
Car, dans l'intense horreur de ta longue agonie
De larges pleurs de sang par toi seront versés !..

JÉSUS

Homme, tu me dis là des choses que je sais.
Et si je n'étais Dieu, tu m'effraierais sans doute,
Mais je connais trop bien les pierres de ma route
Et l'instant et le lieu de mes futurs tourments
Pour que ta prophétie et tes déchaînements
Puissent troubler ma force à la mort résolue...
J'ai béni tes enfants. Pour toi, je te salue...
Je te pardonne aussi, car ce qui parle en toi
C'est un être infernal qui t'impose sa loi !..
Je plains avec douceur ta faiblesse qui cède
Au démon dévorant et fou qui la possède !
J'espère que plus tard ton esprit délivré
Connaîtra pour toujours le ciel où je serai...
Où je prierai pour ceux à qui je dois mes larmes !..

JOACHIM

Non ! Non !

JÉSUS

Je le sais bien, tu ne rends pas les armes.
Mais un jour doit éclore, où, devenu sensé,
Tu voudras te honnir toi-même en ton passé,
Où tu m'adoreras comme étant le seul maître...

JOACHIM

Non ! Non ! Non !

JÉSUS

C'est la loi, — tu le pourras connaître, —
De passer par la haine, et la nuit, et le mal,
Avant que d'aborder au port de l'idéal

JOACHIM

Non ! les cieux sont déserts !

JÉSUS

Ils sont tout remplis d'âmes !

JOACHIM

Les soleils s'éteindront !

JÉSUS

Pour retrouver leurs flammes !

JOACHIM

Tu mourras dévoré par la honte et l'effroi !

JÉSUS

Oui ! souffrant mille morts, je dois renaître en roi !
Dieu commande ! obéis ! va ! sa puissance est telle
Que, malgré toi, ton âme est une âme immortelle !
Crains que ton maître, un jour, t'éveille durement
Et que l'Eternité te soit un châtiment !

(Joachim demeure courbé et ému, les fiancés se prosternent, le
Christ s'éloigne lentement.)

FIN DU PREMIER TABLEAU

DEUXIÈME TABLEAU

SCÈNE PREMIÈRE

Une cour du prétoire, après la flagellation. Jésus, sanglant, vêtu du manteau de pourpre, est assis le roseau à la main, la tête inclinée. Des soldats romains l'insultent.

FABIEN, au Christ

Je te crache au visage !

HERMON

Et moi je te soufflète !

FABIEN

J'enfonce ta couronne et fais saigner ta tête !

HERMON

Tu te plains ? Ah ! tant mieux ! C'est ce que nous voulons.

FABIEN

Moments de royauté qui doivent sembler longs !

HERMON

Ton sceptre est dans ta main, commande ; c'est l'insigne
Que le peuple des Juifs a remis au plus digne !
Un roseau, c'est assez pour un Dieu souverain,
Car Dieu peut d'un roseau faire un sceptre d'airain !

FABIEN

Mais quand le Dieu n'a plus de pouvoir, c'est une autre
Affaire !

HERMON

C'est navrant ! Pas même un seul apôtre !
Ils se sont tous enfuis. C'est lâche !

JÉSUS

                         Ils ont raison !
C'est moi leur chef : à moi la honte et la prison !
Je dois souffrir tout seul, disent les Ecritures,
Je suis ma destinée et j'offre mes tortures
A mon Père d'en haut qui me voit parmi vous.

FABIEN

Le pauvre homme! Il lui faut encor quelques bons coups
Pour le guérir !

HERMON

                    Son corps n'est qu'une plaie atroce !...
Un tel entêtement peut bien rendre féroce !

FABIEN

L'opprobre des crachats le laisse indifférent !

JÉSUS

Je pardonne au coupable et je plains l'ignorant.

HERMON

Je te conseille alors de te plaindre toi-même !
Tu vois bien, à présent, que personne ne t'aime !
Tu guérissais les sourds : ils ne t'entendent plus !

FABIEN

Les aveugles qui voient t'évitent, les perclus
Se sauvent sans songer à tes douleurs ; les femmes
Qui buvaient dans ta voix de langoureux dictames
S'en vont chercher ailleurs la lumière et l'amour !

HERMON

Quoi ! pas un seul client pour te faire la cour ?

FABIEN

Nous te flagellerons encor si tu persistes
Dans ta folie et si tes yeux sanglants et tristes,
Semblent prendre en pitié des braves comme nous !

HERMON

Crois-tu pas que l'on va se mettre à tes genoux !

FABIEN

C'est nous qui t'y mettrons de force !

JÉSUS

Si la chose
Vous plaît, je ne puis pas l'empêcher.

HERMON, se retenant

Moi je n'ose !
Il est faible et je crains en le mettant à bas
Que ce roi trop battu ne se relève pas.

JÉSUS

Ma loi, c'est de souffrir encor. — La tienne, esclave,
Est de frapper un juste avec rage.

HERMON

Il nous brave !...
Eh bien, je vais chercher des cordes !

FABIEN

C'est cela.

HERMON

De la mer au Thabor, d'Ephrem à Magdala,
Certe on n'a jamais vu de si dure démence.

Au Christ.

Parle, et tout aussitôt la fête recommence !
Et nous te laisserons pour mort, sache-le bien !

JÉSUS

Comprendre Dieu c'est tout et mourir ce n'est rien !

HERMON

Quand aura-t-il fini ses discours !

FABIEN

Tout à l'heure !
Moi, je suis très humain, je ne veux plus qu'il pleure
Et je vais l'assommer promptement, de façon
Qu'il ne prétende plus avoir toujours raison.

Entrée de Satan, déguisé en pharisien riche

SCÈNE II
LES MÊMES, SATAN

SATAN

Non, vous ne ferez pas cela !

HERMON

Quel est cet homme ?

SATAN

Je ne suis pas de ceux qu'on cite et qu'on renomme
Comme Jésus ! Bien loin de là. Je suis venu
Pour lui parler.

FABIEN

Comment ! tu n'es qu'un inconnu ?
De quel droit empêcher qu'on le flagelle encore ?
De quel droit lui parler ? Réponds-nous.

SATAN

Je n'implore
Personne, étant l'ami d'Hérode. Cet écrit
Le constate.

Il présente un parchemin.

Or, Jésus rendra bientôt l'esprit
Et j'ai reçu tantôt la mission secrète
De connaître tous ses complices. Qu'on s'apprête
A nous laisser.

Les soldats se retirent à gauche de la scène.

JÉSUS, à Satan qui se montre sous sa vraie forme

C'est toi ! Je t'avais deviné.

SATAN

A l'heure où te voilà de tous abandonné
Moi je viens en ami compatissant.

JÉSUS

Tu railles !

SATAN

Crois-tu donc que Satan n'ait jamais eu d'entrailles ?
Ton supplice est hideux ; ton front, jadis si fier,
Ton manteau ruisselant, tout collé sur ta chair,
Tes pauvres yeux troublés par des larmes sanglantes,
Et cette soldatesque aux fureurs insolentes,
Tout m'angoisse ; et soudain, je me trouve, étonné,
Un cœur que mon esprit n'avait pas soupçonné !

JÉSUS

Si tu dis vrai, si ta parole est sans mélange,
Ton cœur est un écho de tes croyances d'ange
Lorsque tu n'étais pas déchu, lorsque, jadis,
Dans la sérénité de mes bleus Paradis,
Tu chantais au Très-Haut des hymnes de tendresse.

SATAN

Non, je suis simplement, et sans qu'il y paraisse,
Un brave homme, accessible aux misères d'autrui.
J'étais un ange ? Hélas ! ce souvenir m'a fui ;
Je me rappelle mal tous ces moments sublimes...
Ma mémoire est restée au fond de mes abîmes !

JÉSUS

Alors, que me veux-tu ?

SATAN

Je veux, mieux qu'autrefois,
Te bien persuader, ô maître, que ma voix
Est sincère, et qu'ici, pour adoucir tes transes
Je t'apporte humblement des souffles d'espérances,
Des rêves de justice et des clartés d'amour !
Souviens-toi, maintenant, Jésus, de ce beau jour
Où, dans une échappée à la splendeur profonde,
Je te fis voir d'un coup les royaumes du monde
Déroulés à tes pieds, majestueusement !
Eh ! bien, tout était vrai, je t'en fais le serment,

Et tu pouvais régner en paix sur tous ces fleuves,
Sur ces coteaux féconds et sur ces villes neuves,
Sur ces peuples lointains aux langages divers
Et sur tous les trésors de l'antique univers,
Si ta fierté native et ton orgueil farouche
N'avaient pas fait soudain éclore sur ta bouche
Un sourire tranquille à l'écrasant mépris...
Je t'aimais cependant et tu m'avais compris.

JÉSUS

Tu crois que j'ai changé ?

SATAN

                    Des souffrances sans nombre
T'ont ramené vers la misère humaine ; une ombre
A terni la clarté changeante de ta foi...
Voyons ! Tu le sais bien, maître éloquent, pourquoi
Ne pas me l'avouer ? Tu n'es pas Dieu, ton père
N'est point là-haut ; et quand tu nous criais : « J'espère
Le royaume éternel », dis-moi, n'est-il pas sûr
Que ton illusion divinisait l'azur ?
Solitaire martyr, ton sang coule, et ta vie
S'exhale, et ta faiblesse, hélas ! est asservie
Aux lois qui de chacun font un être mortel,
Ta chimère sacrée a perdu son autel ;
Eh ! bien, je te le dis : il en est temps encore,
Sois avec moi ! Ta nuit deviendra de l'aurore,
Je retire de toi la honte et la douleur,
Mon immense pouvoir te rend la vie en fleur,
Je fais, d'un condamné farouche et misérable,
Un homme triomphant à l'empire durable,
Un roi de chair et d'os dans le monde réel ;
La terre aura pour toi les ivresses du ciel !..
Tu ne me réponds pas !

JÉSUS

                    Je connais ta parole
Qu'une lumière étrange et malsaine auréole ;

Et déjà tu m'as dis ces choses autrefois.

SATAN

Tu dois les mieux comprendre aujourd'hui que ma voix
S'adresse au flagellé, sûr de n'être qu'un homme !
Tu t'es évanoui plus d'une fois, et comme
Tu le sais, le néant alors t'a visité ;
Tu ne sentais plus rien, ton immobilité
Avait trahi, pour tous, ta nature mortelle ;
Ton âme, à ce moment terrible, qu'était elle
Devenue ?.. Un peu moins que rien !

JÉSUS

Je le sais mieux
Que toi. Mon âme était en route vers les Cieux
Quand l'ordre de mon Dieu la rappela sur terre ;
Car je devais souffrir encor, plus solitaire
Et plus navré.

SATAN

Tu crois à ta divinité ?

JÉSUS

Si je n'étais divin, aurais-je supporté
L'inutile tourment de ce supplice injuste ?
Si je n'étais divin serais-je aussi robuste
Par l'esprit ? Ange noir, tu me tentes en vain ;
Je t'aurais obéi si je n'étais divin !

SATAN

Maître, ta voix faiblit, car ta voix est humaine !

JÉSUS

Tes pitiés sont un leurre et ton âme une haine !

SATAN

Tu vas t'évanouir encor, tu ne peux plus
Parler !

JÉSUS

Oui, je le sais, les temps sont révolus !
Je parlerai plus haut et mieux dans l'autre monde.

SATAN

La tombe est un silence où la nuit est profonde !

JÉSUS

La tombe n'est qu'un seuil, et de l'autre côté,
Soleil éblouissant, surgit la Vérité !

SATAN

Maître, sans les cerveaux il n'est point de pensée !

JÉSUS

Qu'importe ! C'est qu'alors l'âme s'est élancée
Loin de la terre étroite et loin de sa prison
Vers les saintes clartés d'un plus large horizon !

SATAN

Maître, tu vas souffrir plus encor ! Tes blessures
Saigneront et les clous aux profondes morsures
Vont disloquer tes os et déchirer tes nerfs !

JÉSUS

Puisque je dois souffrir pour sauver l'univers
Il me faut accepter la douleur infinie
Et prendre pour moi seul, jusqu'à mon agonie,
Tous les châtiments dûs aux générations !

SATAN

Débordement d'orgueil ! Mirage ! Visions !

JÉSUS

Débordement d'amour et vérité suprême !

SATAN

L'humanité te hait, je suis celui qui t'aime !

JÉSUS

Il est beau de mourir pour tous ses ennemis.

SATAN

Il est plus doux de voir mille peuples soumis
Battre comme une mer les marches de ton trône !

JÉSUS

Accepte mon mépris pour ta royale aumône

Car je préfère à tout mon immense abandon ;
Pour ton hypocrisie accepte mon pardon !

SATAN

Me pardonner ! Non ! non ! Ta bonté m'humilie !
Nourris ton désespoir ! Dévore ta folie !
Tu n'es qu'un malheureux et qu'un inconscient
Stupide ! Enfonce-toi dans ton sort effrayant !
Moi, je pars, te criant encore, à toi qu'on nomme
Et Jésus, et le Christ, et Dieu : « Tu n'es qu'un homme ! »

JÉSUS

Tu sais que non. Ton cœur m'est transparent. Je lis
Tes forfaits à venir, tes crimes accomplis,
Dans tous les ténébreux dédales de ton être
Si mourant que je sois je demeure ton maître ;..
Par delà le tombeau... je le serai... toujours !...

Le Christ s'évanouit.

SATAN, aux soldats. en reprenant son manteau de pharisien

L'homme se trouve mal, portez-lui du secours !. .

A part

C'est lui qui va finir et c'est lui qui me dompte !
Oui, c'est moi la défaite et la rage et la honte !
Et. comment croire encore en ma force, à présent
Que me voilà vaincu par un agonisant !

Il sort.

SCÈNE III
FABIEN, HERMON, JÉSUS

FABIEN

Soignons-le, camarade. il faut qu'il vive encore
Quand nos mains le cloueront sur la croix.

HERMON

Je m'honore
D'avoir rendu parfois la vie à des mourants ;
J'ai certain cordial de l'Inde, et je comprends
Les malades...

Entrée de Séphora.

SCÈNE IV
LES MÊMES, SÉPHORA

SÉPHORA, accourant, bouleversée

Grand Dieu !.. Que faites-vous ? Mon maître
Expiré !..

HERMON

Pas du tout, femme ; il peut te paraître
Mort, mais je suis bien sûr qu'il rouvrira les yeux.

SÉPHORA

O Jésus bien aimé !

FABIEN

Tu viens pour les adieux ?

A part.

Encore une amoureuse, une folle !

SÉPHORA, avec éclat

Ames viles
Q'avez-vous fait, hélas ! de celui que les villes
Et les champs adoraient comme un être sacré !
Vous êtes lâches ! Oui, moi je vous le crierai !
Ceux qui l'ont condamné sont indignes de vivre
Et vous, fauves bourreaux, dont la fureur s'enivre
Des larmes et du sang versé, je vous le dis,
Vous êtes les derniers d'entre tous les bandits !

HERMON

Arrière !

Jésus revient à lui.

SÉPHORA, extatique

Ah ! ses beaux yeux se rouvrent ! Mon doux maître !..
Séphora vient à vous... Séphora que peut-être
Vous vous rappellerez...

JÉSUS

Femme, je me souviens ;
Tes regards de pitié sont tournés vers les miens

A cette heure terrible où je suis seul au monde;
Dans la foule qui hurle et la haine qui gronde
Te voilà douce à voir comme une fleur d'Avril !
Merci d'être accourue au moment du péril !
Je te bénis encore avec mes mains sanglantes...

SÉPHORA

Oh ! ces pauvres regards ! Ces paroles dolentes !
Ces blessures toujours ouvertes !

HERMON

                    C'est assez
De sanglots fatigants et de pleurs insensés !
Va-t'en !

SÉPHORA

    Je resterai !

FABIEN

          Tu t'en iras, te dis-je !

SÉPHORA

Que m'importe ta force absurde et ton vertige
De bourreau !

HERMON

       La justice a prononcé !

SÉPHORA

               Vraiment !
Tu parles de justice en un pareil moment !
Ma révolte s'indigne et devant toi se dresse !
La justice, c'est moi, car je suis la tendresse
Comme aussi le respect et la fidélité !
La justice, c'est Lui ! car il est la Bonté !

HERMON, la menaçant

Folle, t'en iras-tu ?

SÉPHORA

    Frappe-moi donc !

HERMON

La chose
Est facile, et s'il faut, pour te voir bouche close
Un coup d'épée ou bien de lance, je suis prêt !

SÉPHORA

Toi, frapper une femme ! Ah ! ton front rougirait !

HERMON

Je te dis de partir !.. Et lorsque je me fâche
L'acte suit la pensée !

Il la frappe de son épée.

SÉPHORA, chancelante

Au secours !... Ah ! le lâche !...

Entrée d'Azaël.

SCÈNE V

LES MÊMES, AZAËL

AZAËL

Séphora !.. Les bandits !..

HERMON

Elle insultait la loi !

AZAËL

Blessée !.. et près du cœur !.. Au secours !

Il la soutient.

HERMON

Ah ! ma foi,
Tant pis ! c'est mon devoir qui m'a fait la main dure !

JÉSUS

Faut-il qu'outre les maux horribles que j'endure
Je voie encor les miens frappés pour me chérir !..

AZAËL

Au secours !

Entrée de Joachim.

SCÈNE VI
LES MÊMES, JOACHIM

JOACHIM

Ah ! ma fille ! Elle va donc mourir !..
Ah ! bandits ! assassins de l'innocence ! Oh ! rage !
Lâches !..

SÉPHORA

Je défendais Jésus contre l'outrage.

JOACHIM, au Christ

C'est encor toi, maudit, qui viens sur mon chemin !
Infâme criminel qui seras mort demain,
Par ta faute aujourd'hui je vais perdre ma fille !
Elle, mon seul amour et ma seule famille !
Elle, mon seul espoir ! Elle, tout mon passé !
Sombre engloutissement de tout ! Sort insensé !
Vertige exaspérant de douleur infinie !

Sois maudit !   Au Christ.

SÉPHORA, calme et douce

Taisez-vous ! — Sa main m'avait bénie...
Ne le blasphémez pas ! — Espérez !

JOACHIM

Je vois bien
Qu'elle meurt !.. Et je sais quel courage est le sien ;
Elle veut abuser ma souffrance ! Ah ! cruelle !
Pourquoi donc aimais-tu cet homme ?.. Je l'appelle
Non pas Christ, ni Jésus, mais bourreau d'un vieillard !

SÉPHORA

Il a souffert bien plus que vous !

JOACHIM

Il meurt trop tard !

JÉSUS

Homme, pardonne-moi si tu me crois la cause
De ton malheur !

JOACHIM

Qui ! moi, te pardonner ! La chose
Est au moins inutile !.. Hélas ! si j'étais sûr
De la sauver, mon cœur pour toi serait moins dur.

SÉPHORA

Et moi, blessée à mort, je pardonne quand même
Au soldat, et je dis à Jésus : Je vous aime,
Car vous êtes mon Dieu sur la terre incarné !

JOACHIM, à Azaël

Ah ! tu le vois, son cœur au Christ s'était donné !

AZAËL

Je ne suis pas jaloux, ma pâle fiancée !
Nous avions même essor et pareille pensée !
Père, nous nous aimions tous deux en Jésus-Christ.

FABIEN, à Hermon, en lui montrant le Christ

Voilà ! cet insensé leur a perdu l'esprit !

JOACHIM, serrant sa fille dans ses bras

O mort, va-t-en d'ici ! mort injuste et cruelle !
Devant mon désespoir, mort, éloigne-toi d'elle !
C'est ma fille ! mon bien ! par dessus tout sacré !
Et c'est tout ce que j'aime en ce monde abhorré !
Mort ! je suis à genoux ! mort !.. écoute ma plainte !
Ne ferme pas ces yeux à la douceur éteinte,
A ce jeune foyer n'enlève pas son feu !

JÉSUS

Ah ! ce n'est pas la mort qu'il faut prier, c'est Dieu !

FIN DU DEUXIÈME TABLEAU

TROISIÈME TABLEAU

SCÈNE PREMIÈRE

La chambre de Séphora

MYRIAM, AZAËL, SÉPHORA, endormie, au lit

AZAËL

O tendre Myriam, merci d'être venue !

MYRIAM

On aime Séphora sitôt qu'on l'a connue ;
C'était si naturel, en ce grave moment,
De me pencher à son chevet, pieusement...
Elle dort, c'est peut-être un bon signe !

AZAËL

                    La fièvre
L'a quittée et le souffle exhalé de sa lèvre
Me semble régulier et doux.

MYRIAM

                La pauvre enfant !
Avoir été blessée ainsi !

AZAËL

             Quand on défend
L'innocent opprimé par l'injustice humaine,
Il arrive parfois qu'un brutal vous emmène
Vers le lieu du supplice avec le condamné !

MYRIAM

Au moins le médecin n'a pas abandonné
Séphora ?

AZAËL

Nullement.

Ce docteur est un homme
De marque, un étranger, venu, je crois, de Rome
Et fixé, depuis peu, non loin du Golgotha.
Notre père y courut hier et lui conta
Sa peine. Il a promis de venir ce soir même,
Mais, hélas ! Pourra-t-il sauver celle que j'aime !

                                        Entrée de Joachim.

SCÈNE II
LES MÊMES, JOACHIM

AZAËL

Elle dort.

JOACHIM, impatient

L'étranger est-il là ?

AZAËL

Je l'attends.

JOACHIM

Horrible incertitude ! Effroyables instants !
Gouffre où ma vie entière, agonisante, pleure !
C'est fini !

MYRIAM

Calmez-vous. La journée est meilleure
Pour elle.

AZAËL

Taisez-vous, mon père, car vos cris
Lui feraient mal. Allons, reprenez vos esprits ;
Je l'aime autant que vous et moi je sais me taire.

JOACHIM

Azaël, un amour profond n'est pas austère
A ce point. Tu le vois, je pleure follement...
Mon immense chagrin ne peut faire autrement !...

AZAËL

Voici le médecin.

Entrée de Satan.

SCENE III

LES MÊMES, Satan en médecin

JOACHIM

Salut, Maître.

SATAN, le doigt sur la bouche

Silence !

Elle dort ; et toujours sommeil ou somnolence
Sont un doux réconfort pour les pauvres blessés ;
J'ai pris ce qu'il fallait avec moi, car je sais
Beaucoup mieux que personne en ce monde, et sans aide
Mystérieusement préparer le remède.

Assis à part, avec des fioles et des poudres.

Moi, Satan. médecin ! Non ! Non ! je ne mens pas ;
Séphora souffre ; et la malade est assez bas !..
Oui, je veux la sauver, non point pour elle-même,
Mais pour moi ! C'est un cœur d'une essence suprême
Et si neuf, qu'il irait au ciel d'un seul essor !
Dieu dit : « Elle est à moi ! » Je réponds : « Pas encor ! »
Ayant la chance exquise, en prolongeant sa vie,
Qu'elle change d'idée un jour, qu'elle dévie,
Que le mal lui paraisse un thème séduisant
Et que, si virginale et si blanche à présent,
Elle trouve à la fin, lasse de l'habitude,
La vertu plus pesante et le vice moins rude !
J'aime à cueillir ainsi quelques âmes en fleur,
De ces gentils oiseaux je deviens l'oiseleur ;
Leur résistance, leurs étonnements, leur doute,
Tout cela c'est un charme enivrant qui s'ajoute
A leur grâce, et c'est un plaisir délicieux
De voir le fruit du mal qui mûrit sous nos yeux.

JOACHIM

Vous êtes prêt ?

SATAN, montrant son remède préparé dans un vase

J'y suis.

Ce sont de simples herbes
Qui poussent tout là-bas, dans les plaines superbes
Du Nil, entre le fleuve et les grands oasis ;
C'est un initié des mystères d'Isis
Qui m'en fit don, jadis, dans un élan sincère,
Et par seule pitié de l'humaine misère.

MYRIAM

Séphora se réveille.

JOACHIM, très tendre

Enfant, te sens-tu mieux ?

SÉPHORA, très affaiblie

Je ne sais. Je rêvais un rêve curieux.
Solitaire, mon âme était hors de moi-même ;
Je planais, sans souffrir, dans un ciel vague et blême,
Et j'entendais, très haut, des chants légers et doux
Qui murmuraient au fond de l'azur ;

« Viens à nous ! »

C'était une musique incertaine et câline
Calme comme un beau soir derrière la colline
Quand frissonne au ciel d'or l'étoile du berger...
Et je restais là, presque heureuse, sans bouger,
Quand d'autres voix, en bas, de pauvres voix humaines
Avec de longs sanglots me dirent : « Vois nos peines !
Reste ici près de nous, encor ! Prends en pitié
Et le fervent amour et la douce amitié ! »

Aux siens.

C'était vous qui parliez, j'ai cru vous reconnaître ;
Mais dans l'azur c'était les serviteurs du Maître
Éternel, les esprits bienheureux dont l'appel
Mourait, aérien et subtil, dans le ciel !

SATAN, souriant

Nous allons, s'il vous plaît, vous garder en ce monde ;
— Buvez !...

SÉPHORA, refusant

Mon bon Seigneur, s'il faut qu'on vous réponde,
Je crois que ce breuvage est inutile.

AZAËL

Hélas !

SÉPHORA

Oui, mon cœur est si faible et mon corps est si las
Que je me sens partir pour la vie inconnue...
Mon âme sur la terre est un peu revenue
Mais elle est toute prête à reprendre l'essor !

JOACHIM

Tu me brises le cœur !

SATAN, à part

Elle m'échappe encor !
Son prestige de vierge augmente en ma présence !
Toute sa pureté plane sur ma puissance
Ainsi qu'un oiseau blanc sur un lac ténébreux !
Serai-je encor vaincu !...

JOACHIM

Que je suis malheureux !

SÉPHORA

Non ! Non ! ne souffrez pas, amis, car mon courage
Ne tremble pas s'il faut que je parte avant l'âge ;
Ma jeunesse n'a pas d'amertume. Là-haut,
Où, parmi les esprits, je flotterai bientôt
Dans l'éblouissement d'une sphère meilleure,
Je veillerai sur vous en attendant votre heure.
Ne pleurez pas, mon doux fiancé, car nos corps
Au delà du tombeau trouvant leurs vrais accords
Et déployant leur vol, sans avoir besoin d'ailes,
Connaîtront les splendeurs des noces éternelles !

SATAN, à part

O rage ! Elle s'en va, pur esprit délivré.

AZAËL, à Séphora

Avant de te revoir, combien je souffrirai !

JOACHIM, au désespoir

Je vais la perdre pour jamais ! Le ciel est vide.
L'universelle mort, la vieille mort avide
Ne me laissera rien de ce trésor aimé !
Pour moi son avenir c'est un tombeau fermé !
C'est la nuit sans limite... et le sommeil sans rêve !

SÉPHORA, en extase

L'au-delà me sourit !... Ma jeunesse s'achève !

SATAN

Haut.

Je n'ai pu la sauver, hélas ! Et cependant
Tout mon espoir vivait en ce remède ardent
Dont l'obscure vertu causa plus d'un prodige !

SÉPHORA

Non : vous ne pouviez rien... C'était fini, vous dis-je :

SATAN, à part

L'esprit divin était en elle et m'a dompté !

SÉPHORA

Adieu !.. Je suis sans force !.. Adieu, ma volonté
S'évanouit comme un brouillard dans l'air d'automne !
Je m'en vais loin de vous... Pourtant rien ne m'étonne
Tant l'avenir est sûr pour mes pressentiments !
Ne pleurez pas ainsi sur mes derniers moments...
Car c'est là-haut que doit finir ce qui commence
Sur terre, et le Très-Haut, le roi du ciel immense
Réserve aux cœurs pieux qui l'auront écouté
Le bonheur infini dans l'Immortalité !

Elle expire.

AZAËL, en pleurs

Adieu, ma fiancée !

JOACHIM, sanglotant

O ma fille !

AZAËL

O mon rêve !

MYRIAM

O pauvre fleur fauchée ! Existence trop brève !

JOACHIM, à Séphore

Il ne me reste plus qu'à mourir près de toi !

SATAN, à part, regardant Joachim

Celui-ci m'appartient du moins ! Il est sans foi.
Si l'âme de sa fille est pour l'enfer trop belle
Lui, le sinistre athée, est beaucoup moins rebelle ;
Il va dans son chagrin s'enfermer sans rien voir ;
Par sa désespérance il est en mon pouvoir,
Et son cœur dévasté m'offre sa solitude.

JOACHIM

Hélas ! c'est bien fini !

SATAN

Haut.

Moi, j'ai la certitude
Que personne ici-bas ne pouvait la sauver.

JOACHIM

Personne ?.. Etes-vous sûr ?.. Je crois encor rêver,
Tant la réalité m'épouvante et m'accable !
L'éternelle nature est souvent implacable !
Voyez-vous, j'en mourrai !

SATAN, à part

Son désespoir est mûr !
Il devance mes noirs projets et je suis sûr
Que l'homme se tuerait très volontiers lui-même !
L'athée, avec raison, moissonne ce qu'il sème,
Et s'il ne compte pas revoir les siens ailleurs,
Si les gouffres du rien lui paraissent meilleurs

Que les maux répétés d'une vie éphémère,
Le suicide est doux pour son angoisse amère...
Mais celui qui se tue et qui croit au néant
Tombe, sans qu'il s'en doute, en mon enfer béant
Où mes anges, vengeurs, précipitent son âme ;
C'est le cas du savant, son désespoir l'enflamme ;
Il croira se détruire, et c'est moi qui l'aurai !

JOACHIM

Tenez, je deviens fou, tant je suis dévoré
De douleur et je songe à m'arracher la vie !

SATAN, hypocrite

Le moyen est affreux !

JOACHIM

           Croyez-vous ? — Moi j'envie
Ceux qui ne pensent plus. — Je suis en ce moment
Le voyageur brisé, désireux seulement
Du grand sommeil sans fin que ne trouble aucun songe.

SATAN

Oui, c'est vrai ; quand un mal invincible le ronge,
Je comprends le lutteur épuisé qui s'abat
Et, sans attendre plus, refuse le combat
Pour glisser au repos de la nuit éternelle.

JOACHIM, à part

Oui, je ferai cela !..
           Quand je serai loin d'elle...
Quand elle dormira sous la pierre !.. demain !
Et je saurai bien vite où trouver le chemin
De la mort !..
           Il suffit alors, quand l'homme souffre,
D'un arbre et d'une corde... ou d'un fleuve...
                         ou d'un gouffre.
Et l'on peut s'écraser d'un bond sur des rochers !...

SATAN, à part

Ma justice, dans l'ombre, atteint les plus cachés ;
Je serai là !

Haut et hypocritement.

Seigneur, adieu ; si ma présence
Vous est bonne, venez à moi, sans réticence ;
Je vous consolerai toujours si je le puis !

A part et féroce.

Ou j'aiderai ton corps à tomber dans un puits,
Si tu n'as pu trouver ni l'arbre ni le fleuve !

Il sort.

MYRIAM, à part, à Joachim

Cet homme est dur, je ne crois pas que rien l'émeuve !

JOACHIM

Pourtant les médecins quelquefois sont ainsi.

AZAËL, à part

Je ne sais quel malaise étrange m'a saisi,
Quand il parlait... je crois qu'il est fourbe.

MYRIAM, à Joachim

Peut-être

Seigneur, qu'il serait temps d'aller chercher le prêtre
Pour réciter ici les prières des morts.

JOACHIM, sombre

Allez !

Myriam sort.

Je suis vraiment à bout de mes efforts !..

AZAËL

Aux pieds de Séphora:

Non ! non ! Je ne puis pas me résigner... je t'aime !
Serait-ce proférer un injuste blasphème
Que reprocher au ciel de te reprendre à nous !
Je te vois, je te parle et je suis à genoux,
Mais tu ne m'entends plus dans cette vie humaine...
Et moi, que tu connus si doux, j'ai de la haine...
...Contre qui ?.. je ne sais ! -- Contre ce que je crois
L'injustice !.. et, touchant les membres déjà froids
Je sens que cette perte effroyable m'indigne...
Il me semble parfois que tu me fais un signe

En ébauchant ton beau sourire accoutumé !..
Non !.. non ! Ton souffle est mort et ton œil est fermé...
Et je me sens finir comme toi !.. Ta parole
A voulu m'endormir par le mot qui console ;
Tu murmurais qu'un jour, là-haut !.. Mais, ton linceul
Me dit ton déchirant départ !... Et je suis seul !..

Au loin, foudre, éclairs, rumeurs et fracas toujours croissants.

Quelles sont ces clameurs lointaines où se mêle
Comme un tonnerre sourd à la voix solennelle ?..

JOACHIM

Ah ! la rumeur grandit, la nuit tombe...

AZAËL

Le sol
Tremble partout, un vent terrible prend son vol ..

JOACHIM

Des nuages de grêle ont crevé !..

AZAËL

La nature
Semble de toutes parts répondre à ma torture
Et devenir l'écho vivant de ma douleur !

*Myriam entre éperdue et parle au milieu des grondements
du tonnerre et du sifflement des rafales.*

SCÈNE IV

LES MÊMES, MYRIAM

MYRIAM

Malheur à nous ! Malheur à nos cités ! Malheur
A notre race

JOACHIM

Que veux-tu dire ?..

MYRIAM

Je crie
La vérité ! Le Christ était Dieu ! Sa patrie
Est le ciel ! Et là-haut son père, roi des rois,
Nous punit pour son Fils que l'on a mis en croix !,.

Oui, cet immense orage est la voix vengeresse
Du Seigneur ; à présent les juges en détresse
S'accusent d'infamie et de stupidité ;
Jérusalem n'est plus que terreur... la cité
S'effare ; des maisons ont chancelé... des sources
Ont tari... des torrents ont arrêté leurs courses
Et le voile du temple en deux s'est déchiré !
O bouleversement effroyable et sacré
Qui fait soudainement un croyant de l'impie !
Le crime fut immense ! il faudra qu'on l'expie !..
Moi-même qui vous parle... Ah ! vous n'en doutez pas !
Auprès du cimetière où je courais d'un pas
Précipité, j'ai vu se soulever les pierres
Des tombeaux, et des morts décharnés, sans paupières,
Livides, leurs linceuls terreux claquant au vent,
Ont tous crié : Le Christ était le Dieu vivant !..

AZAËL

Moi, je croyais en Lui !

JOACHIM, stupéfait

Vous dites que cet homme
Était Dieu !

MYRIAM

Je le dis ! Et j'en suis sûre, comme
Je suis certaine ici de vous voir tous les deux
L'angoisse dans le cœur et les pleurs dans les yeux,
Et sur ce lit, tout votre amour, Séphora morte !

JOACHIM

Un Dieu, lui ! Mais alors, cette ardeur qui t'emporte
Est un éblouissant rayon de vérité !
Ainsi... je me trompais, moi, toujours irrité
Contre Jésus, moi qui le voyais dans le monde
Comme un fou téméraire et d'humeur vagabonde ?..

MYRIAM

Lui, c'était le vrai sage et vous seul l'insensé !

JOACHIM

Lui !

MYRIAM

Mais regardez donc resplendir son passé !
Il fut le dévouement profond, toujours en marche !
Bien plus que tout Prophète et que tout Patriarche
Il a réalisé sur terre, chaque jour,
Avec tranquillité l'infini de l'amour !
Il a fait des cœurs purs avec des vierges folles !
Il a, divinement, par de simples paroles,
Fait déborder d'espoir les plus désespérés !
Malgré tout son prestige et son pouvoir sacrés,
Il a voulu, s'offrant en exemple sublime,
Aller droit à la mort et pardonner leur crime
A ses propres bourreaux, demeurés stupéfaits !..
Ah ! quelle immense erreur lorsque tu triomphais,
Hérode ! car le Christ avait seul la victoire !
Nous l'admirions vivant, mais sa mort nous fait croire !
L'être fait de douceur, de charme et de bonté
Du haut du Golgotha nous sourit, indompté,
Et le supplicié, meurtri, muet et blême,
Pour qui la croix devait être l'affront suprême,
Comme un roi triomphant sur son roc est dressé !

JOACHIM

Une lumière étrange envahit mon passé !..
Le ciel qui se convulse au moment qu'il expire,
Ces spectres, tout me dit quel était son empire !..
Oui ! cet homme était Dieu !..

MYRIAM

                          La morte le savait...
Il semble que sa foi, veillant à son chevet,
Ait voulu lui survivre et devenir la vôtre,
Et que votre remords vous transforme en apôtre !

JOACHIM

Ce Christ était puissant et juste !.. Mais, alors...
Est-il vrai, dites-moi, qu'il réveillait les morts ?..

MYRIAM

J'en ai vu se lever et sourire à son geste.

JOACHIM

Hélas ! il aurait pu, dans sa grâce céleste,
Ressusciter la vie en ce corps adoré !..

MYRIAM

Oui, certe, il le pouvait, mais il est expiré !..

JOACHIM

En êtes-vous bien sûre, ô femme ?

MYRIAM

                      Un saint mystère
A l'heure de sa mort a fait trembler la terre.

JOACHIM

Mais s'il agonisait seulement... je pourrais
L'implorer à genoux et mes bras seraient prêts
A frapper mon vieux cœur repentant... et ma bouche
A prier le martyr dont la grâce me touche
Et dont la vérité m'illumine trop tard !..

MYRIAM

Hélas ! il est bien mort, ô douloureux vieillard !

JOACHIM

Je n'en sais rien ! J'irai, je le prierai pour celle
Qu'il aimait tant ; ma voix stupidement cruelle
L'insultait ; maintenant, c'est un devoir sacré
D'aller très humblement vers lui !

AZAËL

                    Je vous suivrai !

JOACHIM

Non pas ! Non pas ! Ta place est ici, tout près d'elle !
Veillez tous deux, veillez ! Votre cœur fut fidèle

Au Christ, et vous l'avez servi, pieusement...
Mais, moi, je l'ai maudit jusque dans son tourment !
Moi, je fus misérable et lâche dans ma haine !
Je souffre ! et le remords impérieux m'entraîne
Vers le supplicié qui doit voir en ce jour
Pleurer à ses genoux mon paternel amour !

FIN DU TROISIÈME TABLEAU

QUATRIÈME TABLEAU

SCÈNE PREMIÈRE

Le sommet du Calvaire. Les trois crucifiés, morts. Aux pieds de Jésus les saintes femmes et Jean. Au premier plan, les soldats, le Centurion, Cassius.

LE CENTURION

Tout est calmé, je crois que l'orage s'apaise.

CASSIUS

Non ! l'air est étouffant ! le ciel obscur nous pèse
Comme si tout devait recommencer !

LE CENTURION

                                   Jésus

Est mort ! Nous agissions sur les ordres reçus ;
Il nous pardonnera peut-être ?

CASSIUS

                               Je l'espère !

Oui, je crois maintenant qu'il règne chez son Père,
Là-haut, et nous, hélas ! qu'avons-nous fait de lui ?
Ah ! nous fûmes encor plus lâches aujourd'hui
Que jamais ! ce supplice était une infamie !

LE CENTURION

Les prêtres furieux et la ville ennemie,
Et Rome, et le Tétrarque, et tous, l'avaient voulu !

CASSIUS

Lui, du reste, le Christ, était bien résolu
A tout souffrir ! Il fut divinement sublime !..
Que j'avais peur, tantôt, quand, dans le noir abîme

Du ciel, le coup de foudre éclata !.. maintenant
Je comprends le pourquoi de ce fait étonnant ;
Mais la peur a fait place au remords en moi-même,
Car mon passé hideux mérite l'anathème !
J'ai fait saigner le Christ tout le long du chemin
Et mes coups ont rouvert ses blessures ! Ma main
A chassé les amis, bien rares, dont les larmes
Coulaient amèrement sur le fer de nos armes ;
Nous sommes des maudits !

LE CENTURION

     Non ! Non ! dans sa douleur
Il a dit noblement : « Père, pardonne-leur
Car ils ne savent pas ce qu'ils font ».

CASSIUS

      Je t'accorde
Que le Christ fut pour nous plein de miséricorde...
Mais son Père a parlé de notre châtiment
Par la voix de sa foudre et si terriblement
Que je doute, avec grand raison, de sa clémence !.
Regarde donc là-bas, au bord du ciel immense !
Ah ! comme le soleil est rouge !.. Non, jamais
Il n'eut cette clarté derrière ces sommets !

LE CENTURION

Des rocs se sont fendus, creusant des gouffres sombres !
Des cadavres hurlaient, debout sur les décombres,
Dans le crucifié reconnaissant un Dieu !

CASSIUS

Et moi j'ai vu tantôt des étoiles de feu
Rayer le ciel obscur de sanglantes traînées !

LE CENTURION

C'est fini maintenant ; les foules étonnées
Rentrent dans le silence et le recueillement.
Jérusalem nous semble un sépulcre dormant,

Et l'on n'entend partout, dans ce pays sans vie,
Que le murmure et les sanglots des eaux de pluie
Ravinant les sentiers rocailleux des vallons...

CASSIUS

Le soir tombe ! Que les moments paraissent longs !..
Et ce sera bien pis cette nuit, car peut-être,
Avec l'obscurité nos terreurs vont renaître.

LE CENTURION

Quelqu'un monte vers nous par le vieux chemin creux.

CASSIUS

Un messager, sans doute ?

> Entrée de Joachim, douloureux et penché sur un bâton.

SCÈNE II

LES MÊMES, JOACHIM

LE CENTURION, à part

Ou quelque malheureux.

Haut.

Passant, que nous veux-tu ?.. Le sommet du Calvaire
Est interdit.

JOACHIM

Vraiment ? Est-on aussi sévère
A l'égard d'un pauvre homme errant et désarmé ?..
Je viens pour voir le Christ.

CASSIUS

Lui ! Tu l'as donc aimé ?

JOACHIM

Hélas ! c'est à présent seulement que je l'aime !
Ignorant, j'ai vécu dans l'éternel blasphème,
Mais aujourd'hui je viens prier par désespoir !

LE CENTURION

Il est mort !

JOACHIM

Est-ce bien certain ?

LE CENTURION

Tu peux le voir,
Sans mouvement, livide et beau, la bouche close ;
Tu sais qu'il était Dieu !

JOACHIM

Oui, je le sais ! la chose
Me devint évidente il n'y a qu'un moment,
Par l'orage, par les fureurs du firmament,
Et par les morts, debout sur les tombes brisées !

CASSIUS

Alors, tu veux prier ?

JOACHIM

Je le veux ! mes pensées
Sont à lui ! Laissez-moi, je vous supplie encor,
M'élancer jusqu'à Dieu dans un suprême essor ;
Peut-être pourra-t-il me secourir ! Peut-être
Qu'au delà de la mort il est encor le maître
Du destin ; les sanglots d'un vieillard sont sacrés,
Surtout quand ce vieillard aux pauvres yeux navrés,
A perdu le seul bien qui lui fut cher au monde,
Sa fille !

LE CENTURION

Si tu crois que le Christ te réponde
De là-haut, si tu veux l'implorer, c'est ton droit ;
On dit que son cœur s'ouvre à tout homme qui croit.

JOACHIM, s'avançant vers la croix

Jésus ! Jésus !... Sa bouche est à jamais fermée !..
O prophète, à la voix autrefois enflammée,
Je viens, car c'est trop tard que mon cœur te comprit,
Parler à ton silence et prier ton esprit !
Toi qui guérissais tout par ta sainte puissance
Que suivait l'hosannah de la reconnaissance,
Toi dont un simple mot avec un geste lent
Faisait surgir les morts sur leur tombeau tremblant,

Prends pitié de celui que tourmentait la haine
Et qu'aujourd'hui l'amour à tes genoux ramène !..
Hélas ! ne peux-tu rien pour celle que je perds,
Pour la fille aux doux yeux qui fut mon Univers,
Pour celle qui t'aimait et qu'un soldat farouche]
Blessa mortellement à tes côtés ! Ma bouche
Ne peut dire l'angoisse horrible où je me tords !..
Si ta sainte bonté me pardonne mes torts
Envers toi-même, ô source immense de justice,
O Christ, que ta douleur terrible compatisse
A celle d'un vieillard et d'un pharisien
Suppliant ton grand cœur de consoler le sien !
... Tu ne me réponds pas ! non ! Et ma plainte amère
Pour écho seulement a les pleurs de ta mère !..
Ta mère, dont le morne aspect me dit assez
O Jésus, que tes jours terrestres sont passés !
— Pourtant, je suis venu près de toi, ma prière
S'envolant hors de l'ombre, a cherché ta lumière !
Que ton âme là-haut m'entende !... O vastes cieux,
Gouffres illimités qu'ont explorés mes yeux,
Vous me parliez tantôt par la voix de la foudre !
Eh bien ! parlez encor ! Je ne puis me résoudre
Au silence écrasant du prophète expiré !
Montrez-moi quelque signe ! Alors je frémirai
D'espérance en songeant que ma voix éperdue
Ne s'est pas aujourd'hui vainement confondue
Avec le bruit des eaux et les plaintes du vent !...
O Christ, es-tu là-haut ? O Christ, es-tu vivant ?
Vas-tu vers le vieillard incliner ta clémence ?
Non !... Non !... Le ciel se tait ! ô douleur ! ô démence !
Funèbre isolement ! Effroyable abandon !..
Cependant, je le sais, ta grâce et ton pardon
Ne délaissent jamais ceux qui croient ! et peut-être,
C'était trop demander que de voir apparaître

Un signe, ou bien d'entendre une voix ! il vaut mieux
S'abaisser humblement avec un cœur pieux
Devant toi, grand martyr immobile et sublime !
Oui ! Je suis trop hardi quand la douleur m'anime...
Et je ne veux plus rien d'apparent. — Mes genoux
Se courbent ; je deviens confiant et plus doux,
Je rampe vers la croix où saignèrent tes veines
Et je te dis, honteux de mes colères vaines,
Recueilli, le front bas, l'esprit déjà dompté :
Qu'il soit fait, ô Seigneur, suivant ta volonté !..
Je baise tes pieds nus que ton sang pur inonde
Et je baise le sol auguste, ô roi du monde,
Que ton supplice infâme a rougi lentement...
Oui, je te bénirai si ton cœur m'est clément ;
Et si tu ne fais rien pour moi, je suis encore
Ton serviteur, croyant à la divine aurore
Que ma fille au cœur pur pressentait en mourant !
Nous sommes des pécheurs mortels ! Toi seul es grand,
Avec ton flanc sacré percé d'un coup de lance,
Avec tes membres nus et cloués, ton silence,
Et l'âpre isolement de ton corps précieux
Sur ce roc désolé, sous le grand deuil des cieux !...
Je m'en vais et je t'aime encor plus, — et je pleure,
Attendant une vie apaisée et meilleure,
Ou là-haut... ou peut-être ici-bas... je ne sais ;
Je pars, encor fiévreux et les membres lassés,
Mais l'âme soulagée, avec plus de courage,
Et, pareil au vaisseau flagellé par l'orage
Qui sous la brume épaisse a deviné le port,
Car je pressens le ciel sur le seuil de la mort !

                                        Entrée de Satan, en médecin.

SCENE III
LES MÊMES, SATAN

SATAN

Où vas-tu ?

JOACHIM

Que veux-tu toi-même ? Que t'importe
Où je vais ? J'ai prié Jésus. Mon âme est forte.

SATAN

Toi, l'impie !

JOACHIM

Il n'est plus d'impie. Ah ! laisse moi !
J'espère ! J'ai changé de vie et j'ai la foi .

SATAN

Ton chagrin effroyable excuse ta folie !

JOACHIM

La grandeur la plus vraie est à qui s'humilie !

SATAN

Je te plains, o savant d'un jour ; ton juste orgueil,
Argile périssable, a croulé sous le deuil !

JOACHIM

Va-t-en, mon seul orgueil est maintenant de croire !
Vivre dans l'au-delà, voilà toute ma gloire !

SATAN

Le néant est le but des tourbillons humains !

JOACHIM

La foi peut se créer d'éternels lendemains !

Montrant le Christ.

Ce cadavre muet à la beauté divine
M'a parlé par son noble aspect, et je devine
Une vie immuable au sortir du tombeau !

SATAN, ricanant

Adieu donc ! Ta folie ardente est un flambeau
Comme un autre !

JOACHIM

Je vais vers ma fille chérie !
Sur son lit mortuaire elle attend que je prie
Et pour elle et pour moi ! Tu n'as pu la guérir ;
C'est assez !

SATAN, furieux

C'est au Christ qu'elle dut de mourir !
Et lui non plus, malgré sa puissance qu'on vante,
De cette morte, n'a pu faire une vivante !
Ton sanglot qui l'implore est un sanglot perdu
Et ta candeur recueille, hélas ! ce qui t'est dû.

JOACHIM

Dieu fait ce qu'il lui plaît et non ce qu'on exige !
Et pour affirmer Dieu c'est assez d'un prodige !

SATAN

Mais ce n'est pas assez d'un vieillard tel que toi
Pour fonder sa doctrine et pour semer la foi !
Un fou nous fait pitié sans convaincre personne !

JOACHIM

Plains moi, sois dédaigneux, raille, insiste ou raisonne,
Qu'importe ? ma douleur a changé mon chemin ;
Adieu ! Tout mon passé me fait honte !

Il sort.

SATAN, rageur

A demain !

Aux soldats

Cet homme est insensé !

LE CENTURION

Qui donc es tu toi-même ?
Nous croyons tous au Christ !

CASSIUS

Et si ta voix blasphème
Tu peux t'en retourner au pays d'où tu viens !

SATAN, à part, âprement

Eux aussi, convertis ! moi qui les croyais miens !

Haut.

Ainsi donc, vous pensez tous les deux que cet homme
Est Dieu ?

LE CENTURION, avec fermeté

C'est le seul nom dont notre amour le nomme ;
Si tu ne le crois pas, tant pis ! mais laisse nous !

CASSIUS

De plus savants que toi se sont mis à genoux.
Pars, ou nous te chassons sur l'heure à coups d'épée !

SATAN, humble

C'est bien, naïfs soldats, votre âme fut trompée ;
Je vous laisse.

À part, se frappant le cœur.

Ah ! maudit, que ton pouvoir est vain !
Oui, ce Jésus, après sa mort, est plus divin
Que jamais ! Il conquiert par son martyre auguste
Le prestige du sage et la gloire du juste !
O rage ! Le Calvaire est son premier autel
Et c'est en périssant qu'il devient immortel !

FIN DU QUATRIÈME TABLEAU

CINQUIÈME TABLEAU

SCÈNE PREMIÈRE

La chambre de Séphora

MYRIAM brûlant des parfums, AZAËL arrangeant des fleurs
sur la couche, SEPHORA morte

MYRIAM

Encens, léger brouillard vers le ciel exhalé
En même temps, hélas ! que s'exhalent nos plaintes,
Encens, tes larmes d'or, naguères, ont coulé
Sur le flanc des baumiers et des noirs térébinthes !

Encens mystérieux, o sève des forêts
Sans cesse recueillie et toujours renaissante,
Tu mêles ta douceur aux funèbres apprêts
Et tu parfumes l'air où la mort est présente !

Ainsi que la fumée aux volutes d'azur
Montant avec lenteur hésite et s'évapore
Ainsi l'âme invisible, habitant un corps pur,
S'en va subtilement vers l'éternelle aurore !

AZAËL

Vous êtes le printemps, ô fleurs tristes, données
A celle que voilà sans vie et sans couleur ;
Votre éclat radieux augmente sa pâleur
Et vous serez comme elle avant l'heure fanées !

Comme la jeune fille au logis des aïeux,
Fleurs, c'était vous la vie, et la joie et le rêve,
Mais le vent de la mort a glacé toute sève
Et le deuil est venu, lourd et mystérieux !

Délicieuses fleurs, mourez-vous tout entières?
Non! car vous nous laissez vos parfums dans le miel.
Et l'âme de la vierge où chantaient des prières
A quitté nos vallons pour embaumer le ciel!

Entrée de Joachim, courbé par la douleur, le bâton à la main.

SCÈNE II

LES MÊMES, JOACHIM

JOACHIM

Non! le Christ imploré ne peut plus rien sur terre
Et devant ma douleur immense et solitaire
Il est resté muet! Nul signe n'a paru!..
J'ai prié cependant avec fièvre et j'ai cru
Un moment que sa lèvre allait s'ouvrir encore...
Non! ô ma pauvre fille! O morte que j'adore,
Tu ne seras plus mienne en ce monde, sinon
Par ton pur souvenir, si poignant!.. par ton nom
Dont le moindre rappel me deviendra souffrance,
Et par l'aspect des lieux dont la douce attirance
Retenait tes regards attentifs et charmés...
Je veux vous contempler encor, beaux yeux fermés,
Et vous, longs cheveux noirs aux onduleuses tresses,
Et vous, petites mains dont les molles caresses
Dans ma barbe d'argent se glissaient quelquefois!
Et toi, beau front, blancheur funèbre!.. Ah! je vous dois
Un long enchaînement d'inoubliables heures!..
C'est fini!.. Toi, du moins, vers des sphères meilleures
Ton âme a pris son vol! Mais, moi, le délaissé,
Que vais-je devenir avec un tel passé
Dont le poids écrasant fera saigner ma vie!..
Que je serais heureux si je t'avais suivie!..

AZAËL

Hélas! Ce n'est pas moi qui puis tarir vos pleurs!
Qui nous consolera? Personne! et nos douleurs

Sans pouvoir se guérir, s'en iront côte à côte.

JOACHIM

Je connais ton angoisse et sais ton âme haute
Mais la jeunesse s'ouvre à l'avenir. Ami,
Ton grand chagrin sera quelque jour endormi,
Tu te consoleras... Oh! n'en prends pas ombrage...
Quant à moi, subissant la triste loi de l'âge
Je m'en irai, n'ayant que la mort pour espoir,
Dans un chemin plus âpre et sous un ciel plus noir!

AZAËL

Je ne retrouverai nulle part un tel rêve!..
Sans espoir de retour mon extase s'achève,
Et j'ai vu pour toujours s'engloutir mon soleil!
Mon âme est un grand soir qui sera sans réveil!..

JOACHIM, retournant au lit de sa fille

Hélas! Je veux encor serrer tes mains glacées,
Je veux toucher ton front si pur dont les pensées
Ont fui comme un essaim léger d'oiseaux charmeurs!
O tendre Séphora! ce n'est pas toi qui meurs,
C'est moi-même! — O beaux yeux, douce lumière intime,
On vous ôte le jour et c'est moi la victime...
Ah! reçois le baiser suprême de celui
Qui perd tout pour jamais, te perdant aujourd'hui!
...Plus un frisson hélas! sur tes lèvres muettes
Où la mort sombre a mis ses pâles violettes!..
— Tes membres déjà froids glacent mes pauvres mains!..
Ah! quel gouffre d'horreur que tous mes lendemains!

MYRIAM, surprise, à Joachim dont le manteau s'est ouvert

Mais qu'est-ce donc?.. Du sang sur vous? Quelque blessure
Sans doute faite à votre insu?

JOACHIM

Je vous assure

Que non!

MYRIAM

Et cependant... Regardez Séphora !
Vos mains dont la tendresse en fièvre s'égara,
Ont laissé des sillons ensanglantés sur elle !

JOACHIM, réfléchissant

Ce sang n'est pas le mien !.. Ce sang, je me rappelle,
Est celui que le Christ, là-haut, a répandu !..
C'est celui du martyr qu'en mon zèle éperdu
J'adorais à genoux et le front dans la boue !..
O sang divin, c'est toi qui coulais de sa joue
De son flanc, de ses mains et de ses pieds cloués !

MYRIAM

Que les cieux éternels soient par ma voix loués !
O Christ ! divinité qu'il a trop tard servie ;
La sève de ton corps, la pourpre de ta vie,
Souvenir précieux, ont imprégné sa chair !

AZAËL, à part, dans un grand trouble devant Séphora

C'est une illusion sans doute ! ô corps si cher,
J'ai cru voir remuer tes lèvres !.. c'est peut-être
Que de mes yeux lassés je ne suis plus le maître...
J'écoute... et j'entends bien un soupir...

MYRIAM

Qu'avez-vous ?

AZAËL, éperdu

Non ! Non ! C'est une erreur ! Ce sont mes désirs fous
Qui font de ce cadavre une forme vivante !
J'ai cru... Je ne sais pas... Voyez donc... l'épouvante
Se glisse en moi !

MYRIAM, avec joie

Soyez sans peur ! Regardez-la !..

JOACHIM, avec stupéfaction

Oui ! ce corps dont la vie entière s'envola

Ressuscite !.. Elle a joint ses mains pour des prières !
Un sourire a plissé sa bouche ; ses paupières
S'ouvrent... Elle regarde avec un air ami !..
Et l'on croirait qu'elle a tout simplement dormi !...
Vivante !..

AZAËL, débordant de joie

Elle, vivante !..

JOACHIM, éperdu

O ma fille adorée !..

SÉPHORA, se dressant lentement pendant que les fleurs répandues sur sa couche
glissent et tombent à ses pieds

C'est le sang de Jésus qui m'éveille et qui crée
Une vitalité nouvelle dans ce corps
Qu'avait déjà raidi l'éternel froid des morts !..
O Christ, j'étais la fleur à la sève glacée,
Mais ce qui vient de toi me rendit la pensée !
O Christ j'étais la nuit, le silence et l'hiver
Quand ton âme invisible a ranimé ma chair !
Mon esprit s'exhalait, subtil et solitaire
Quand tu l'as ramené doucement vers la terre,
Et toi, le Dieu sanglant, triste et persécuté
Tu nous deviens bonheur, lumière et charité !

Apparition d'un ange lumineux devant les personnages qui
s'agenouillent.

L'ANGE

Vous dont les yeux pleuraient le martyr du Calvaire,
Que votre amour bénit, que votre foi révère,
Redevenez joyeux et calmes ! Oui, le sang
Qui coulait de la croix était assez puissant
Pour terrasser la mort qu'on croyait invincible ;
Ce que l'humanité peut juger impossible,
Un Dieu, même au tombeau, l'accomplit sans effort !
Ce Dieu fait d'une morte une vierge qui dort
Et change son réveil en actions de grâces ;
Que l'univers enfin tressaille et que les races

Sachent que son pouvoir est fait de vérité !
Heureux les simples cœurs dont il fut écouté !
Heureux les affamés de céleste espérance !
Heureux ceux dont la foi survit à la souffrance,
Car ils possèderont l'infini du ciel bleu
Libres dans la lumière éternelle de Dieu !

FIN DU CINQUIÈME ET DERNIER TABLEAU

Saint Amand (Cher) — Imp. Em. PIVOTEAU & Fils

Œuvres de Ch. Grandmougin

Chez FASQUELLE (*Bibl. Charpentier*), *11, rue de Grenelle*
Choix de Poésies, 1 vol., 3 fr. 50.

LIBRAIRIE D'ART, *60, rue Taitbout*

L'Enfant Jésus, mystère en 5 parties et en vers. — Édition ordinaire,
1 vol., 3 fr. 50. — Édition de luxe avec lithographies originales de
MM. Fantin-Latour, Wencker, de Richemont, Mouchot et Tréchsler,
1 vol., 15 fr. — Avec doubles gravures, 30 fr.
Le Christ, drame sacré, en vers (couronné paa l'Acad. Franç.), 1 vol., 2 fr.
Le Réveillon, drame en un acte, en vers, 1 vol., 1 fr.
L'Empereur, drame épique, en vers, en 13 tableaux (1807-1821), 1 vol., 2 fr.
Nouvelles Poésies, 1 vol., 3 fr. 50.
Souvenirs d'Anvers, 1 vol., 2 fr.
Orphée, drame antique, en vers, 1 vol., 2 fr.
Poèmes d'Amour, édition de luxe, avec fusain de Lalanne, presque
épuisée, 1 vol., 12 fr.
La Vouïvre, poème franc-comtois, 1 vol., 1 fr. 50.
Les Serfs du Jura, drame en vers, autographié par l'auteur, avec litho-
graphies originales de Fantin-Latour et J.-A. Muenier, 1 vol., 7 fr. 50.
De la Terre aux Étoiles, poésies, 1 vol., 2 fr. 50.
Les Siestes, poésies, 1 vol., 3 fr.
Rimes de Combat, 1 vol., 3 fr.
Aryénis, drame en vers, 1 vol., 1 fr.
A pleines voiles, poésies, 1 vol., 3 fr. — Le même sur papier de luxe,
avec portrait de l'auteur, 15 et 25 fr.
Les Chansons du Village, 1 vol., 3 fr. — Édition de luxe avec
lithographies originales de Dagnan-Bouveret, Courtois, Lobrichon, Aublet
et Mme Marie Grandmougin, 15 et 25 fr.
Visions chrétiennes, 1 vol., 2 fr. 50.

Chez FISCHBACHER, *33, rue de Seine*

Prométhée, drame antique, 1 vol., 2 fr.

Chez CHAMUEL, *7, rue de Savoie*

Médjour, roman surnaturel, 1 vol., 1 fr.
Les Heures divines, poésies, 1 vol., 1 fr.
Contes amoureux (prose), 1 vol., 2 fr. 50.

Chez OLLENDORF, *31, rue de Richelieu*

Le Naufrage de l'Amour, poésie dite par Mlle Dudlay, de la Comédie-
Française, plaquette, 1 fr.

Chez CALMANN LÉVY, *3, rue Auber*

Contes d'aujourd'hui, en prose, 1 vol., 1 fr.

Chez GAUTIER, *55, quai des Grands-Augustins*

Contes en prose, 1 vol., 0 fr. 10.

Chez CHAPELOT, *20, passage Dauphine*

Terre de France, poésies, 0 fr. 50.
Pour la Patrie, poésies, 1 fr.
Le Serment du Soldat, 1 fr.

Chez DURAND, *4, place de la Madeleine*

Esquisse sur Richard Wagner, 1 vol., épuisé.

Chez Émile PAUL, *100, faubourg Saint-Honoré*

Promenades, poésies, 1 vol., 4 fr. — Éditions de luxe sur papier de
Hollande et du Japon, avec lithographie de Enders, 15 et 20 fr.

Chez JOANIN, *22, rue des Saints-Pères*

Études sur l'Esthétique musicale, 1 vol., 3 fr. 50.

Saint-Amand (Cher). — Imp. Em. Pivoteau & Fils

www.ingramcontent.com/pod-product-compliance
Lightning Source LLC
Chambersburg PA
CBHW060800180626
46818CB00002B/639